Kurt Füchtner

Ein graues Haar ist eine Zierde

Verse zum Schmunzeln
und zum Nachdenken

Mit Illustrationen
von J. Lingl

4. Auflage 1998

R. G. Fischer Verlag

Die Deutsche Bibliothek - CIP-Einheitsaufnahme

Füchtner, Kurt:
Ein graues Haar ist eine Zierde : Verse zum Schmunzeln und zum Nachdenken / Kurt Füchtner.
- 4. Aufl. - Frankfurt (Main) : R. G. Fischer, 1998
ISBN 3-89501-094-4

4. Auflage 1998

Orber Straße 30, D-60386 Frankfurt/Main

Satz: W. Niederland, Frankfurt/Main
Herstellung: Difo Druck GmbH, Bamberg
Printed in Germany
ISBN 3-89501-094-4

Altern heißt, sich über sich selbst klar werden und sich beschränken.

de Beauvoir

INHALT

GERONTOLOGIE

Ein Graues Haar lebt unbeschwert,
Bis es so nebenbei erfährt,
Daß es schon heut', bis es erschlafft,
Ein Fall ist für die Wissenschaft.
Was es auch tut, es wird gewogen,
Von emsigen Gerontologen,
Ob es gesund an Leib und Seele,
Ob es ihm wohl an Bildung fehle,
Wie es wohnt und was es ißt,
Warum es was wie schnell vergißt.
Wie stehen schließlich die Familien
Zu denen, die für sie Fossilien?
Es wird gesammelt an Konkretem,
Was es so treibt, auch an Diskretem.
Dem Grauen Haar wird bald vertraut:
Nichts bleibt geheim. Es ist durchschaut.
Wenn es auch Großes nicht mehr tut,
Ist es doch für die Forschung gut.

REISEAPOTHEKE

Ein Graues Haar in Urlaub reist,
Was erstmal Kofferpacken heißt.
Bei Reisen ist das Essentielle
Die Medizin für alle Fälle.
Denn weiß man, ob im Körper gärt
Ein potentieller Krankheitsherd?
Augen, Ohren, Hals und Nase,
Galle, Magen, Darm und Blase,
Nieren, Lunge, Kreislauf, Herz –
Gegen jede Art von Schmerz
Packt es Tropfen, Salben, Pillen,
Kapseln, Zäpfchen und Pastillen,
Pasten, Puder, Präparate,
Pflaster, Binden, Destillate,
Inhalator, Blutdruckmesser –
Das Graue Haar fühlt sich schon besser.
Im Koffer bleibt nur eine Bresche
Für Zahnpasta und Unterwäsche.
Doch wozu Kleidung und Dekor?
Die Gesundheit geht stets vor!

DER ENKEL

Ein Graues Haar, das sonst gemessen
Und würdevoll, fast selbstvergessen,
Korrekt gekleidet und soigniert
In Parks, auf Wegen promeniert,
Wirft plötzlich Steine in die Pfützen
Und ist vergnügt, wenn diese spritzen.
Man sieht es unter allen Blicken
Mit einer Streichholzschachtel kicken,
Bis es dann völlig ungeniert
Kurz auf dem Bordstein balanciert,
Hilft einem Regenwurm alsbald
Behutsam über den Asphalt
Und kürzt den Weg verbot'nermaßen
Querfeldein durch einen Rasen.
Was hier am meisten doch erstaunt:
Ein jeder sieht es gutgelaunt,
Denn dem Spaziergang gibt die Sprenkel
Der süße, kleine, munt're Enkel.
Das Graue Haar der Meinung war,
Es kennt den Weg seit Tag und Jahr,
Hat unter anderem Aspekt
Ihn mit dem Enkel neu entdeckt!

ERINNERUNGEN

Ein Graues Haar kann nicht verhehlen,
Sehr gern Geschichten zu erzählen,
Die, nach einem Blick nach innen,
Oft mit »Weißt du noch?« beginnen.
Doch mit den Jahren schrumpft der Kreis,
Der noch von damals etwas weiß,
Weshalb das Graue Haar mit Mut
Ab jetzt beginnt »Ich weiß noch gut«.
Das Graue Haar hält recht konstant,
Was es erlebte, int'ressant
Und findet stets Gelegenheiten,
Es mit Muße auszubreiten.
Doch was es vorträgt dann beflissen,
Das möchte häufig niemand wissen.
So hat es oft, was es beseelt,
Am Ende nur sich selbst erzählt.
Erinnerungen sind zuweilen
Ein großer Schatz, doch nicht zu teilen.

SEELENBAD

Ein Graues Haar sieht in der Ferne
Den alten Freund. Es sieht ihn gerne.
Der wird, wie immer, ihm erzählen,
Daß ihn oft Rückenschmerzen quälen,
Daß er, wie jedes Frühjahr meist,
Zur Schwester nach Berlin verreist.
Er wird vom Garten noch berichten
Und seinen vielen Haushaltspflichten.
Das Graue Haar dem Freund dezent
Sein Leiden klagt, das dieser kennt,
Daß es jetzt einkauft auf Geheiß
Von seiner Tochter, was der weiß.
Man wird das Wetter noch bereden,
Das ärgert dieses Jahr doch jeden.
Es ist zwar Neues nicht passiert.
Man tauscht es aus, höchst interessiert,
Und freut sich, daß der Gang gesegnet,
Da man dem alten Freund begegnet.
Als man dann auseinanderstrebt,
Vom kleinen Schwätzchen froh belebt,
Wird beiden wieder einmal klar:
Ein guter Freund ist unzahlbar.

BRIEFE

Ein Graues Haar sucht einen Namen,
Fängt in den Akten an zu kramen.
Die Fahndung, die recht intensive,
Führt schließlich zur Abteilung Briefe.
Dort wird das Graue Haar gefangen
Von einem Brief, von einem langen,
Von einer Freundin, meine Güte,
Sie war so hübsch wie Aphrodite.
Und da ein Brief von Ruth, der lieben.
Was hat die damals wohl geschrieben?
Ein Brief von Heimgard, Karl, von Hans,
Von Sorgen, Freuden, Firlefanz.
Es werden wach bei dem Gewühle
Erinnerungen und Gefühle.
Die Gedanken weit entschweben.
Es sieht die Toten wieder leben.
Das Graue Haar hat zwar nach Stunden
Das, was es suchte, nicht gefunden,
Doch es hat, ganz weit entrückt,
In die Vergangenheit geblickt.
Ein Brief, das wird hier evident,
Erweist sich oft als Dokument.
Er reflektiert in neuem Lichte
Teile der eigenen Geschichte.
Als Fazit kann nur übrigbleiben:
Man sollte viel mehr Briefe schreiben.

DAS TESTAMENT

Ein Graues Haar mit Fug erkennt:
Es ist jetzt Zeit fürs Testament,
Denn es gilt, nach dem Verscheiden
Möglichst Ärger zu vermeiden.
Und es verfügt, daß neben Geld
Die Frieda das Klavier erhält.
Und Franz bekommt nach seinem Tode
Den Sekretär und die Kommode.
Marie, die niemals an sich denkt
Und, was sie hat, zumeist verschenkt,
Das Kind, das stets so tugendliche,
Erhält die alten, teuren Stiche.
Das Testament wird gut verschlossen. –
Doch nach acht Jahr'n lebt unverdrossen
Das Graue Haar, zwar leicht marod',
Doch Tante Frieda, die ist tot,
Derweil Marie ist wohlgestellt,
Hat einen Mann und schwimmt im Geld.
Und Franz ist blank, von dem man dachte,
Daß er mal groß Karriere machte.
Das Graue Haar zum Schreibtisch eilt
Und brav die Erbschaft neu verteilt.
Derweil es denkt: Wenn man nur wüßt',
Ob dies der letzte Wille ist?

Test'-am-end

WARTEZIMMER

Ein Graues Haar, mit manch' Verdruß,
Nun öfter mal zum Doktor muß.
Und dort begibt es sich, wie immer,
Zunächst einmal ins Wartezimmer,
In diesen Raum gespannter Stille,
Wo es sich hockt zu einer Fülle
Von Leuten mit gesenkten Lidern,
Die nur zum Teil den Gruß erwidern.
Bei den Lektüren greift es dann
Zu einem Heft von Merian,
Das vor vier Jahren ist erschienen
Über die Kunst der Beduinen.
Doch blättert es nur recht zerstreut –
Wie sag' ich es dem Doktor heut',
Daß diese Schmerzen dort im Rücken
Jetzt auch noch weiter unten drücken?
Dann ist schon lange nicht im Lot
Die Sache mit der Atemnot.
Auch wär' es Zeit, daß er erwähne
Diese fast ständige Migräne.
Da endlich heißt's nach alter Sitte
Fürs Graue Haar: »Der nächste, bitte«.
Der Doktor kommt mit einem regen
»Na, wie geht es?« ihm entgegen.
Das Graue Haar mit ganzem Mut
Sagt tapfer: »Ach, im Grunde gut.«

VORZÜGE DES ALTERS

Ein Graues Haar mit Mut erfüllt,
Daß seit je der Mythos gilt:
Meist sind die Alten aller Klassen
Weise, heiter und gelassen.
Das Graue Haar an sich erfährt,
Was man so liest, ist oft verkehrt.
Zu seinem traurigen Erstaunen
Hat es wie früher seine Launen,
Ist ungeduldig, ungerecht,
Die Stimmung ist nicht selten schlecht.
Das Graue Haar in seinem Wesen
Bleibt offensichtlich wie gewesen.
Der Unterschied ist eben halt:
So, wie es war, ist es nun alt.

SCHLAF

Ein Graues Haar legt sich mal wieder
Zu einem Mittagsschläfchen nieder.
Derweil es seine Augen schließt,
Entspannt die weiche Couch genießt
Und sich den Träumen anbefiehlt,
Zeigt sich, was es für Stille hielt
Und nur ganz unbewußt gehört,
Ganz plötzlich laut ist, daß es stört,
Denn draußen trällern offenbar
Amsel, Drossel, Fink und Star.
Und alle sind, so wie es scheint,
Vor dem Fenster froh vereint.
Und um das Haus, hat es den Schein,
Tanzen die Kinder Ringelreih'n.
Am Himmel rauscht ein Jet, ein jäher.
Im Garten lärmt ein Rasenmäher.
Das Graue Haar mit Attitüde
Beschließt die Ruhe hundemüde.
Doch in der Nacht, als alle braven
Bürger in den Betten schlafen,
Beim Grauen Haar sich leider fügt,
Daß es hellwach im Bette liegt
Und würd' Geräusche gern gewahren,
Die mittags ihm so lästig waren.
Doch orientiert sich niemand heute
Am Schlafbedürfnis alter Leute.
So wartet es mit Gottvertrauen
Geduldig auf das Morgengrauen.

TRAUERFEIER

Ein Graues Haar betrauert tief
Den Tod der Tante, die entschlief.
Als die Exequien beendet,
Der letzte Segen ist gespendet,
Strebt man gemeinsam peu à peu
Ins nächste Restaurant-Café.
Zunächst ist man noch recht beklommen –
Warum ist die schon drangekommen? –
Doch der Kaffee die Stimmung hebt.
Das Graue Haar zum Glück noch lebt,
Und es beginnt mit einer Phrase
Das Gespräch mit seiner Base.
Es spricht mit Onkeln und mit Nichten,
Läßt sich das Neueste berichten
Und gibt zum besten hocherfreut
Geschichten aus der alten Zeit,
Bis es ganz plötzlich unbedacht
Aus vollem Herzen fröhlich lacht.
Doch auch die anderen Gestalten
In Schwarz sich bestens unterhalten.
Es lüftet sich der Trauerschleier
Zur seltenen Familienfeier.
Das Graue Haar denkt angeregt,
Als es sich spät nach Haus bewegt:
Der Nachmittag war höchst erlesen –
Wär' das Begräbnis nicht gewesen.

TAGEBUCH

Ein Graues Haar wird animiert,
Daß es ein Tagebuch sich führt,
Denn kluge Leute, wie es heißt,
Führ'n ein Diarium zumeist.
Das Graue Haar, das unverblümt
Sich weder klug dünkt noch berühmt,
Verwirft erst, daß es sich bemüht,
Da doch bei ihm fast nichts geschieht.
Doch als es schließlich sich besinnt
Und mit dem Tagebuch beginnt,
Sich konzentriert in sich versenkt
Und das Erlebte so bedenkt,
Die Ärgernisse und Probleme,
Die Freuden und das Angenehme,
Was es so hört und was es sieht,
Was es empfindet, was geschieht,
Erreicht es mit der Inventur:
Es kommt sich selber auf die Spur.
Das Fazit kann sich drauf beschränken:
Ein Tagebuch regt an zum Denken.

Summe: ?

BEIM TANZEN

Ein Graues Haar, nach läng'rer Zeit,
Gibt gern zum Tanzen das Geleit
Und wartet fröhlich, als man da,
Auf Tanzmusik, Typ »Trallala«.
Doch jäh ertönt aus den Verstärkern
Ein Krach von kreischenden Berserkern,
Die lärmend sich fast überschlagen.
Man hört kein Wort mehr, kann nichts sagen.
Das Graue Haar will sich beweisen,
Daß es ein flottes altes Eisen
Und rudert, ohne viel Erbarmen
Für seine Umwelt, mit den Armen.
Nach links und rechts dann ebenso
Kreist es verwegen mit dem Po.
Es zuckt vom Fuß bis zu den Ohren.
Den »Stammzahn« hat es längst verloren.
Nach einer Stunde, schon fast taub,
Macht es sich leise aus dem Staub,
Denn es gehört zu jenen Alten,
Die sich beim Tanz gern unterhalten
Und die behaupten, unumwunden,
Daß Tanzen mit Musik verbunden.
Zu Hause dann mit seinem Schatten,
Genießt es plaudernd ein paar Platten
Und hört Musik, die ihm vertraut,
Und dies vor allem zimmerlaut.

SPARSAMKEIT

Ein Graues Haar war stets bescheiden,
Entsagte sich so mancher Freuden
Und hat dadurch, bis es bejahrt,
So manche D-Mark brav gespart.
Im Sekretär, auf seinem Plätzchen,
Sind gut verwahrt die Bundesschätzchen.
Und Tausender, zwar nicht in Masse,
Sind anvertraut der Kreissparkasse.
Das Graue Haar könnt' wie die meisten,
Die sich was sparten, nun was leisten.
Man denke hier zum Beispiel nur
An eine Reise oder Kur,
An neue Stiefel, einen Schal.
Was es auch sei – es ist fatal –
Das Graue Haar wird offenbaren:
Das Geld für sowas kann man sparen.
Zu meiner Zeit, heißt es entschieden,
War man stets sparsam und zufrieden.
Die Erben haben meist bis heut'
Das Geldausgeben nicht gescheut.

ALTE FOTOS

Ein Graues Haar sieht dann und wann
Mal alte Fotos von sich an.
Aus denen schaut es überlegen
Sich unbedarft und jung entgegen.
Und es vergleicht, ob es so klar,
Daß es denn damals schöner war?
Die Haut verlor zwar die kokette
Und pralle jugendliche Glätte,
Doch das Köpfchen nahm die Hürde
Zum Charakterkopf mit Würde.
Der Blick, der damals frisch und heiter,
Ist heute kritischer, gescheiter.
Das Leben hinterließ als Spuren
Nicht zu verwechselnde Konturen.
Und manche Falten, die geworden,
Verdiente es sich fast wir Orden.
Sparsam und mit Überlegung
Wurden Gestik und Bewegung.
Das graue Haar, zwar nicht mehr dicht,
Krönt das einmalige Gesicht.
Und vom bestand'nen Leben zeugt
Die Haltung, die heut' leicht gebeugt.
Das Graue Haar, fast objektiv,
Denkt, wer sich jung macht, der liegt schief.
Ein ältrer Mensch ist, wie wir seh'n:
Auf ganz besondre Weise schön.

HAARE

Ein Graues Haar, darauf bedacht,
Daß es erhält der Haare Pracht,
Den Haarausfall mit Würde trägt,
Da er genetisch angelegt.
Doch plötzlich sieht man es sich bäumen,
Den Genen brav den Platz zu räumen,
Liest es doch täglich, daß Essenzen
Aus Birken neu das Haupt bekränzen,
Welche selbst in schweren Fällen
Aktivieren träge Zellen.
Auch sei recht hilfreich eine Kur
Mit der XY-Tinktur.
Der Faktor F wirk' wie ein Purzel
Dort, wo es nötig: an der Wurzel.
Bei M-Dragées würd' kinderleicht
Per Blutbahn jedes Haar erreicht.
Kurzum – das Graue Haar erfährt:
Sein Haar war Jahre falsch ernährt,
Und wenn es dieses richtig fütter',
Dann würd' es niemals stumpf und schütter.
Das Graue Haar sich nicht geniert
Und alles Jahre ausprobiert.
Doch was dann voll und glänzend war,
Schien mehr der Schädel als das Haar.
Das Graue Haar am Ende wägt:
Das Haupt ist licht, doch sehr gepflegt.

TODESANZEIGE

Ein Graues Haar liest mit Int'resse
Frühmorgens stets die Tagespresse,
Die auch deshalb wird erworben,
Um nachzusehen, wer gestorben.
Dabei liegt primär der Akzent
In der Neugier, wen man kennt.
Karl Huber wird doch der nicht sein,
Den es gekannt im Turnverein?
Ist der schon tot, der arme Teufel?
Doch beim Jahrgang kriegt es Zweifel,
Liest weiter von den Unfalltoten –
Weil die so rasen, die Idioten –
Bis es zum Abschluß dann vergleicht,
Wer welches Alter hat erreicht.
Bei Jüngeren denkt's mit Bedacht:
Ich hab' es weiter schon gebracht.
Doch sind sie älter dann und wann,
Weiß es: Jetzt bist du auch bald dran.
Das Graue Haar hat, leicht beklommen,
Vom Tod genug Notiz genommen.
Befriedigt von Existenzialem,
Blättert es weiter zu Lokalem.

DAS MASS

Ein Graues Haar, das altert zwar
Nach dem Kalender jedes Jahr.
Doch tröstlich ist, es kann stattdessen
Sein Alter auch noch anders messen,
Denn biologisch hat vielleicht
Sein Alter es noch nicht erreicht.
Ist es nicht physisch noch enorm
Für sein Alter gut in Form?
Und sicher ist es essentiell
Auch jünger intellektuell,
Denn lebt es nicht noch recht vital
Auf hohem Level, auch sozial?
Das Graue Haar sich konzediert,
Daß es die Jahre ignoriert.

N O C H RÜSTIG

Ein Graues Haar wird x-zig Jahr.
Man feiert froh den Jubilar
Und preist ihn ohne viel Sophistik
Als im ganzen n o c h sehr rüstig.
Und weiter lautet der Befund,
Der Jubilar sei n o c h gesund.
N o c h liest er stets die Tagespresse.
N o c h geht er sonntags in die Messe.
Mit »n o c h« beschreibt man das Erstaunen
An der Natur und ihren Launen
Bei dem besagten Jubilar.
Denn im Grunde ist doch wahr:
Wider jegliches Erwarten
Schafft er beschwerdefrei im Garten.
Daß er dazu n o c h eigenmächtig
Fast täglich wandert, stimmt verdächtig.
Die Umwelt fühlt sich provoziert.
Er ist politisch interessiert.
Sein Trotz, was man hier nicht verschweigt,
Sich auch durch Bücherlesen zeigt.
Das Graue Haar durchschaut es heiter:
Lebt dankbar gern als Außenseiter.

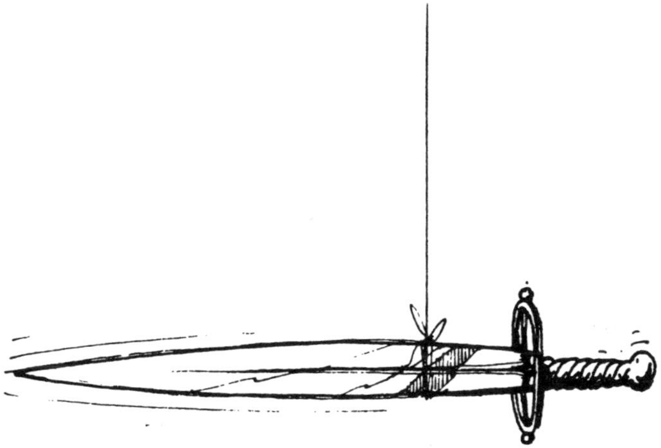

DIE PARTY

Ein Graues Haar hört recht gequält,
Was ihm ein Party-Gast erzählt,
Denn dieser redet vorzugsweise
Nur durch die Zähne, schnell und leise.
Dem Grauen Haar wird offenbar,
Daß sein Gehör schon besser war.
Doch höflich lauscht es dem Sekret,
Obwohl es kaum ein Wort versteht
Und kommentiert mit einem vagen
»Ist das wahr?« »Was Sie nicht sagen!«
Doch plötzlich will der Gast beflissen
Des Grauen Haares Meinung wissen.
Und diesem ist jetzt alles klar –
Nur nicht, wovon die Rede war.
Und es wünscht sich mit der Frage
So hundert Meter unter Tage.
Doch insgeheim hat es verdrossen
Für die Zukunft fest beschlossen,
Niemals mehr in seinem Leben,
Daß es verstand, nur vorzugeben.

NEUE ZIELE

Ein Graues Haar hat Zeit zur Tugend
Nach den Strapazen seiner Jugend.
Dem Leistungswettlauf nun entlassen,
Wird es in Zukunft nichts verpassen.
Und es bleibt von Neid immun,
Wenn es sieht, was Junge tun,
Denn aus Erfahrung weiß es richtig,
Was die oft treiben, ist nicht wichtig.
Es schämt sich nicht mehr seiner Tränen,
Täuscht niemand mehr mit dritten Zähnen.
Jetzt läßt es sich ganz unverhohlen
Von kleinen Autos überholen,
Braucht nicht als Gast so manchen Faden,
Nur weil er nützlich, einzuladen.
Beim Grauen Haar scheint sich zu fügen
Jetzt eine neue Art Vergnügen.
Und dieses gründet insoweit
Auf Ruhe und Gelassenheit.
So ist auch schön die Lebensschwelle.
Man braucht nur eine andre Elle.

SCHWARZ

Ein Graues Haar muß es ertragen,
Einen Toten zu beklagen.
Und fragt sich alsbald ganz profan:
Was zieh' ich zum Begräbnis an?
Natürlich, denkt es abgeblaßt,
Was Schwarzes – wenn es nur noch paßt.
Doch wenn es paßt, was wohl geschieht,
Wenn man mich auf der Straße sieht?
Es würde jeden animieren
Zu Fragen und zum Kondolieren,
Wobei es dann bei dem Verhöre
Vielleicht die Fassung gar verlöre.
Und würde es nun sichtlich trauern,
Gäb' es gar peinliches Bedauern.
Das Beileid, scheint hier das Problem,
Ist beiden Seiten nicht genehm.
Das Graue Haar alsdann entscheidet
Und sich mit einem Mantel kleidet.
Es bleiben damit gut verborgen
Die Kleider und die Trauersorgen.

DER HYPOCHONDER

Ein Graues Haar muß nicht erwerben
Die Einsicht, daß die Menschen sterben.
Doch häufig kommt der Tod daher
Mit einer Krankheit, die recht schwer.
Und diese möcht', im Grund genommen,
Das Graue Haar niemals bekommen.
Dabei ist es ganz einerlei,
Welche Krankheit es auch sei.
Bei jedem Schmerz, sei er auch klein,
Denkt es: Das muß was Ernstes sein.
Sei es der Magen, Darm, die Galle,
Das Herz, der Kopf – in jedem Falle
Gilt immer ihm das Axiom:
Jetzt habe ich ein Karzinom.
Das Graue Haar sieht nur Dämonen
Und schießt auf Spatzen mit Kanonen.
Es will das Schicksal überlisten
Mit Medizin und Spezialisten.
Doch schließlich, darauf ist Verlaß,
Stirbt es dann doch an irgendwas.
Vielleicht war dabei sein Ruin
Auch ein Zuviel an Medizin.

DIE REISE

Ein Graues Haar bemüht zuweilen
Die Bundesbahn, um zu enteilen
Und weiß als treuer Passagier:
Der Zug geht morgens neun Uhr vier.
Das Graue Haar, das leider nie
Viel länger schläft als fünf Uhr früh,
Stellt sich für sechs Uhr ein Duett
Von zwei Weckern an sein Bett
(Darüber braucht man nicht zu staunen,
Denn auch die Technik hat oft Launen),
Um dann bereits um fünf Uhr zehn
Rein vorsichtshalber aufzusteh'n.
Zur Busstation kommt es in guten
Etwa zweieinhalb Minuten.
Doch sicher geht, wer nichts riskiert
Und nicht zu knapp hier kalkuliert.
So fährt es schließlich, was man ahnt,
Zwei Busse früher als geplant
Und steht am Bahnhof nun bereit
Gut eine Stunde vor der Zeit.
Das Graue Haar denkt: Zeitreserven
Sind doch ein Balsam für die Nerven.
Und wenn man Zeit hat und es geht,
Ist früher besser als zu spät.

DER NACHRUF

Ein Graues Haar sich recht verdrießt,
Wenn es in seiner Zeitung liest:
Das Mitgefühl ist nirgends groß,
Der Mensch ist lieb- und rücksichtslos.
Er braucht Gewalt, ist ungerecht,
Mit einem Wort: Der Mensch ist schlecht.
Doch kommt die Welt alsbald ins Lot,
Hört es von Menschen, welche tot.
Da war ein jeder allezeit
Gut, liebenswürdig, hilfsbereit
Und, wie man ohne Zweifel sah,
Stets nur für seine Umwelt da,
Weshalb ihn bis zu guter Letzt
Ein jeder achtet, liebt und schätzt.
So macht ein jeder Nachruf Mut:
Der Mensch ist doch im Grunde gut.

DER MANTEL

Ein Graues Haar, sonst ganz patent,
Liegt modisch leider nicht im Trend,
Denn sein Mantel, dessentwegen
Es einst zahlte ein Vermögen,
Der sei, so wird ihm anvertraut,
Zu lang, zu leicht und modisch »out«.
Dabei hat in den vielen Jahren
Das Graue Haar stets neu erfahren:
Sind ein paar Jahre erst vorbei,
Ist lang und leicht der letzte Schrei.
So ist es »in« von Hause aus
Oder seiner Zeit voraus.
Das Graue Haar, schon alt, betont,
Ein neuer Mantel kaum noch lohnt.
Sein Sträuben wird jedoch besiegt,
Da es ihn zum Geburtstag kriegt.
Das Graue Haar im neuen Schick
Spürt manchen achtungsvollen Blick.
Der Neuerwerb, der ungewohnte,
Allein für diesen Tag schon lohnte.

DER SPIEGEL

Ein Graues Haar, nicht grad' entzückt,
Beim Waschen in den Spiegel blickt,
Denn es sieht, wie oft bei Alten,
Altersflecken, Runzeln, Falten.
Vor Jahren hat man unbeschwert
Als Lächelfalten sie erklärt.
Heut' hat man Grund, den opportunen,
Spricht man beherzt von Lächelrunen.
Ehrgeiz, Ärger, Kummer, Freud',
Der Magen und, mag sein, der Neid
Erklären einen Teil der Spalten.
Vielleicht gibt es auch Fernsehfalten.
Nicht jede Falte, zeigt der Spiegel,
Erweist sich hier als Güte-Siegel.
Das Graue Haar, vom Fön befächelt,
Sieht, wie es unvermittelt lächelt
Und daß der Kopf, was er auch spinnt,
Durch Lächeln ungemein gewinnt.
Derweil es sich von dannen trollt,
Denkt es, daß es mehr lächeln sollt'.

VERWANDTSCHAFT

Ein Graues Haar war allezeit,
Solang' es lebte, lernbereit.
Ging es um Englisch und Latein,
Französisch, Griechisch konnt' es sein,
Philosophie, Chemie, Physik,
Geometrie, Mathematik.
Das Graue Haar hat selbst mit Falten,
Vom Erlernten viel behalten.
Doch bei den Namen von Verwandten
Versagt es ohne Sekundanten.
Es kennt, wenn auch mit Mühe schon,
Den Stamm der eig'nen Generation.
Doch ist von all' den Neffen, Nichten,
Vettern und Basen zu berichten,
Daß diese freien mit der Zeit.
Und irgendwann ist es soweit,
Daß deren Kinder Kinder kriegen.
Hier kann nur ein Computer siegen,
Denn diese haben – wehe, wehe –
Auch Kinder aus der zweiten Ehe.
Oder sie entstanden kraft
Einer Lebenspartnerschaft.
Hier ist dann Raum für neue Dramen
Beim Suchen der Familiennamen.
Das Graue Haar denkt aufgeschmissen:
Man muß vielleicht nicht alles wissen.

SUPERMARKT

Ein Graues Haar denkt an ein Schnitzel
Und malt sich aus den Gaumenkitzel,
Dies mit Kartoffeln zu verspeisen.
Ein Bier dazu wär' hoch zu preisen.
Von diesem Wunsche froh belebt,
Das Graue Haar zum Einkauf strebt.
Am Ort blieb nur für diese Fälle
Der Supermarkt als Einkaufsquelle.
Dort preist der Metzger erst devot
Das halbe Schwein im Angebot,
Bis er dann rausrückt, ziemlich strenge:
Ein Kilo Fleisch, die Mindestmenge.
Kartoffeln gibt es nur exakt
Zu zwanzig Kilo abgepackt.
Statt einem Ei für die Panade
Erhält es zehn aus einer Lade.
Beim Bier bleibt nur die Wahl zum Fasten:
Man kauft sich einen ganzen Kasten.
Der Einkauf für nur ein Gericht
Gibt einen Zentner an Gewicht.
Vom Nachbarn kommt als Kommentar,
Als er bemerkt das Graue Haar,
Wie es bepackt nach Hause schnauft:
Na, wieder günstig eingekauft?

ERZIEHUNGSPROBLEME

Ein Graues Haar ist recht erbaut,
Daß ihm der Enkel anvertraut.
Doch vorher wird es, was es ahnt,
Noch von den Eltern sehr ermahnt,
Mit Eifer wird ihm und Bedacht,
Was es zu tun hat, beigebracht.
Das Graue Haar wird lang bekniet,
Daß es das Kind auch recht erzieht.
Es wird vertraut mit den Problemen,
Wenn Kinder sich nicht gut benehmen,
Und wie dies dann zu ahnden sei.
Das gleiche gilt bei Schlamperei.
Auch sei zu achten allezeit
Auf allergrößte Sauberkeit.
Das Graue Haar, das sieht man blind,
Ist das Problem, und nicht das Kind.
Doch als das Kind in alter Pracht
Nach Tagen wird zurückgebracht,
Ist es nach aller Elternpredigt
An Haut und Seele unbeschädigt.
Von Eltern wird oft nicht erwogen,
Daß man sie auch mal großgezogen.

PENSION

Ein Graues Haar hat vorgeseh'n,
Vorzeitig in Pension zu geh'n.
Schon sieht ein jeder die Miser':
Das ist wohl krank und kann nicht mehr?
Entwickelt's jedoch Ambition
Über die Grenze der Pension,
Gibt jedermann zu Protokoll:
Das kriegt den Hals wohl gar nicht voll!
Doch zieht sich jemand schon zurück
Mit Achtzig aus der Politik,
Hört überall man das Gestöhn:
Mein Gott – wie soll das weitergeh'n?

DAS BUCH

Ein Graues Haar, als es noch blond,
Man öfters sagen hören konnt':
Hab' ich mal Zeit, ich armes Wesen,
Dann werd' ich lesen, lesen, lesen.
Ich werde Buch für Buch genießen
Und mir die ganze Welt erschließen.
Das Haar ist grau. Es ist soweit.
Jetzt hat es endlich richtig Zeit.
Doch wenn es liest, dann höchstens mal
Nur Illustrierte, ein Journal.
Die Tageszeitung wird im Dösen
Mehr durchgeblättert als gelesen.
Es kommt hinzu die Attitüde:
Vom Bücherlesen wird man müde.
Und setzt zum Buch sich durch der Wille,
Dann schmerzt der Kopf, es stört die Brille.
Kurzum – es scheint, es liegt ein Fluch
Auf dem Vorsatz mit dem Buch.
Das Graue Haar bleibt, wie gewesen,
Trotz Zeit in Menge – unbelesen.

ABENDESSEN

Ein Graues Haar darüber sinnt,
Was es zum Abendessen nimmt.
Und voll Genuß passiert Revue
Im Geist ein leckeres Menü.
Kaum träumt es von den Leckerbissen,
Schon mahnt das lästige Gewissen.
Es hört der Ärzte Postulat:
Wer fett ißt, ist ein Psychopath.
Des Blutdrucks wegen jedenfalls
Sei, was man ißt, fast ohne Salz.
Ein weit'rer Dämpfer der Erbauung
Ist bei der Planung die Verdauung.
Die Gastritis ist's, genauer.
Sie mag es weder scharf noch sauer.
Hinzu kommt, daß man gern verschmäht,
Was von den Speisen stopft und bläht.
So zieren schließlich die Gedecke
Nur Magerquark und etwas Knäcke.
Es bleibt als Trost: Ein Mensch von Stil,
Der ißt im Alter eh nicht viel.

DAS GESPRÄCH

Ein Graues Haar im großen Kreis
Zum Thema was zu sagen weiß.
Es muß in Wien gewesen sein.
In München war es – oder nein –
Als Gast kam auch der Präsident.
Wie hieß er doch, den jeder kennt?
Ganz deutlich ich ihn vor mir seh'.
In seinem Namen ist ein »E«.
Das Graue Haar kämpft mit der Tücke
Der lästigen Erinnerungslücke.
Und plötzlich ist es dann präsent,
Was erst nur da war ganz latent.
Doch schon ist das Gespräch bei Themen
Mit völlig anderen Problemen.
Das Graue Haar bleibt hinterdrein
Mit der Erinnerung allein.

LEBENSWILLE

Ein Graues Haar fühlt sich verlassen,
Von aller Welt allein gelassen
Und zweifellos infolgedessen
Überflüssig und vergessen.
Es folgert schließlich, grambeschwert:
Das Leben ist mir nichts mehr wert.
In seiner Trübsal, seiner herben,
Da möcht' es jetzt am liebsten sterben.
Doch plötzlich meint es zu verspüren
Ganz deutlich Schmerzen in den Nieren.
Und jäh geht's ihm durch Mark und Bein:
Das wird doch wohl nichts Ernstes sein?
Und schon erfaßt die schlappe Hülle
Ein ungeahnter Lebenswille.
Das Graue Haar schlußfolgert klar,
Es wird hier wieder offenbar:
Ist auch das Leben voll Miseren,
Im Ernstfall möcht' man's nicht entbehren.

ZERSTREUT

Ein Graues Haar aktiv beschließt,
Daß es die Tageszeitung liest.
Doch leider geht es nicht nach Planung.
Im Zeitungskorb liegt eine Mahnung
Für eine Rechnung, die noch offen.
Das Graue Haar sucht sie betroffen.
Doch was es findet, ist stattdessen
Ein Buch, daß es total vergessen
Zu lesen und vor allen Dingen,
In das Archiv zurückzubringen.
Der Vorsatz, jetzt das Buch zu lesen,
Ist wiederum nur kurz gewesen,
Denn beim Passieren an der Truhe
Sieht es die ungeputzten Schuhe,
Die es, wenn auch nicht sehr beschwingt,
Zum Trocknen in den Keller bringt.
Auf dem Rückweg prüft im Flur
Es noch im Spiegel die Frisur,
Reißt am Kalender ab ein Blatt,
Streicht das Tischtuch wieder glatt,
Um sich dann mit einem Stöhnen
Auf der Couch zurückzulehnen.
Jetzt, da es sitzt, merkt es gequält,
Daß ihm die Tageszeitung fehlt.

VERSCHWENDUNG

Ein Graues Haar hat Jahr für Jahr
Bewahrt, was noch verwendbar war:
Das mit viel Umsicht und Plaisir
Entknitterte Geschenkpapier,
Jede Schnur und jedes Band,
Entknotet wie von Meisterhand.
Gummis, Klammern, Schachteln, Knöpfe,
Honiggläser, alte Töpfe,
Brillen, Stoff- und Lederreste
Zu sammeln, schien ihm stets das beste,
Weil man die vielen Rudimente
Mit Sicherheit mal brauchen könnte.
Das Graue Haar gibt mit Vollendung
Ein Beispiel gegen die Verschwendung,
Wenn auch der Vorrat reichen mag
Bis hin zu seinem jüngsten Tag.

DER BUS

Ein Graues Haar steigt in den Bus,
Entrichtet seinen Obulus,
Und schon erhebt sich von den Plätzen
Ein Herr und sagt, man mög' sich setzen.
Das Graue Haar, derweil's sich setzt,
Fühlt sich im Grunde fast verletzt,
Denn ist es doch nicht allemal
Noch recht beweglich und vital
Und kann sich gut im Stehen halten –
Was soll das Mitleid mit den Alten?
Die sollen es nicht übertreiben
Und künftig lieber sitzen bleiben.
Nur kurz darauf im gleichen Bus:
Heut' plagt es stark der Hexenschuß.
Es wär schon froh, könnt es sich stützen,
Doch heute bleiben alle sitzen.
Es müßte doch ein jeder seh'n:
Das Graue Haar kann kaum noch steh'n.
Und leicht vergrämt denkt es zerstreut:
Wo gibt es heut' noch Höflichkeit?
Erst sehr viel später räumt es ein:
Es ist nicht leicht, gerecht zu sein!

MEINUNGSAUSTAUSCH

Ein Graues Haar spräch' mit den Erben
Gern mal vom Abschied und vom Sterben.
Doch schnell weist man es in die Schranken:
Was hast du denn nur für Gedanken?
Jetzt mach' dich doch nicht selber bang',
Bis dahin ist es noch so lang'!
Mach' nicht in Mitleid oder Trauer,
Vergleiche Dich mit Adenauer,
Mit Picasso, Rubinstein –
Die konnten sagen, alt zu sein.
Und gegen die, so der Befund,
Bist du doch noch ein junger Spund!
So tut das Graue Haar nun eben,
Als würde es noch ewig leben,
Derweil die Erben sich erlauben,
So zu tun, als ob sie's glauben.

LEBENSJAHRE

Ein Graues Haar wird oft gefragt
Von einem andern, das betagt,
Nicht ohne Stolz so nebenbei,
Wie alt man denke, daß es sei?
Wobei es sichtlich sich ergötzt,
Wenn man dann sehr daneben schätzt.
Denn ist es nicht besonders schön,
Um Jahre jünger auszuseh'n?
Ein Siebziger wird sechzig so,
Ein Achtziger in dubio
Wird schließlich siebzig Jahre alt.
Doch geht's nicht weiter dergestalt,
Weil man kaum jemand mehr bewundert,
Sei er nun neunzig oder hundert.
Das Graue Haar, das ist nun halt,
Wie man's auch wendet, eben alt.
Doch jedes Jahr in seinem Leben
Hat ihm noch schön'ren Schliff gegeben.
Sind die Konturen auch nicht weicher,
Sie strahlen doch facettenreicher.
Das brachten nur die Jahre ein,
Auf die es gälte, stolz zu sein.

VERANTWORTUNG

Ein Graues Haar preist monoton
Die Leistung seiner Generation.
Wir haben, heißt es mit Bedacht,
Damals die Kriegszeit durchgemacht.
Wir, die wir heute sind ergraut,
Wir haben Deutschland aufgebaut.
Die Technik, Kunst und Wissenschaft
Steht heut' so da, dank unserer Kraft.
Im Sport, so auf dem Fußballfeld,
Sind wir heut' Spitze auf der Welt.
Das Graue Haar sieht völlig klar,
Wie das bis heut' gewesen war.
Doch das Gedächtnis sagt good-bye,
Fragt man nach lästigem Detail.
So ist die Sache mit den Juden
Heut' weggezaubert wie von Druden.
Die Hungertoten auf der Welt,
Die -zig Billionen Rüstungsgeld,
Der tote Bach, der kranke Wald,
– Die Diktaturen, die Gewalt –
Hier hat es alle im Visier,
Die schuldig sind – doch niemals »wir«.
Sein Beitrag immer nur entfällt
Auf die Abteilung »Heile Welt«.
Das Graue Haar zählt zu den Braven,
Die so zufrieden bestens schlafen.

DAS HAUS

Ein Graues Haar, eh' es ergraute,
Sich einst ein hübsches Häuschen baute,
Da man in unserm Säkulum
Nur etwas gilt mit Eigentum.
Hinzu kommt, daß ein Haus ein Segen
Der Kinder und des Gartens wegen.
Jetzt wohnt das Graue Haar allein
In seinem Haus am Wiesenrain.
Von früh bis spät sieht man es walten,
Seinen Wohnsitz zu erhalten.
Ob es nun schön ist oder schlackert,
Das Graue Haar im Garten rackert.
Den Rest der Zeit putzt es zum Glimmern
Das leere Haus mit den acht Zimmern.
Als Alibi für alle Fron
Nennt es die Tochter und den Sohn,
Die zu Kaffee und zu Kuchen
Das Graue Haar manchmal besuchen.
Und die erfahren dann kommun,
Wieviel das Graue Haar zu tun.
Ein schönes Haus ist ein Gewinn,
Wird sein Erhalt nicht Lebenssinn.

GRABPFLEGE

Ein Graues Haar, von Amtes wegen,
Hat eines Freundes Grab zu pflegen.
Da es den Friedhof schwer erreicht,
Entschließt es sich für pflegeleicht
Und investiert brav die Finanzen
In immergrüne Dauerpflanzen.
Doch was auch sprießt aus deren Samen –
Sein Grab fällt ärmlich aus dem Rahmen,
Denn links und rechts, wohin es sieht,
Fast jeden Tag was Neues blüht.
Schon durch den Schnee stets grüßen da
Die Winterlinge, Erika.
Kaum sind sie welk, man sich ergötzt,
Daß neue Pflänzchen eingesetzt,
Bis auf dem Grab, das stets perfekt,
Die Dahlien der Schnee bedeckt.
Doch mit den Jahren läßt gemach
Der Pflegeeifer schließlich nach.
Und eines Tages sieht man blüh'n
Fast überall das Immergrün.
So wird auch auf dem Gräberfeld
Die Eintracht wieder hergestellt.

KLASSENTREFFEN

Ein Graues Haar kann nach -zig Jahren
Erstmals zum Klassentreffen fahren.
Und fröhlich sieht es den Kollegen
Seiner Jugendzeit entgegen.
Doch das Graue Haar erschrickt,
Was es zunächst zerstreut erblickt:
Es ist im Grunde eine Meute
Aufgedrehter älterer Leute,
Die zweifellos, schätzt es geschwind,
Viel älter als es selber sind.
Doch plötzlich kommt schon auf es zu
Ein Kerl mit einem forschen »Du«.
Und er behauptet gleicherweise,
Daß er bekanntlich Erich heiße.
Nun wirft sich ihm, und zwar robust,
Eine Edith an die Brust.
Jäh lüftet sich bei ihm der Schleier:
Der Glatzkopf ist der Erich Meier.
Und Edith, die es hat im Arm,
War mal schlank und aller Schwarm.
Und es erkennt durch manche Falten,
Wie die mal aussahn, die Gestalten.
Was sie auch wurden, was sie trieben –
Im Wesen sind sie gleich geblieben.
Das Graue Haar am Morgen früh
Bedenkt nochmal die Nostalgie;
Schön war die Schulzeit, zugegeben
Doch nochmals möcht' es sie nicht leben.

ALT

Ein Graues Haar, ein Realist,
Das ziemlich alt geworden ist,
Merkt, daß die Umwelt mit Gewalt
Es alles nennt, doch niemals »alt«.
Das Graue Haar, das sagt man laut,
Kam in die Jahre, ist ergraut.
Es hat zu aller Welt Entzücken
Nun viele Jahre auf dem Rücken.
Es ist ein Senior, wenn man fragt.
Bejahrt ist es und auch betagt.
Doch offen würde keiner wagen,
»Du bist nun alt« zu ihm zu sagen.
Das Graue Haar, so hat's den Schein,
Darf alt zwar werden – doch nicht sein.

LEBENSKLUG

Ein Graues Haar, ein Durchschnittswesen,
Hat fünfzig Jahre brav gelesen
Nicht nur von seinem Fachgebiete,
Auch um Bildung es sich mühte.
Es fragt sich nun im Alter matt,
Was es davon behalten hat.
Und es stellt fest, daß unterdessen
Das Allermeiste ist vergessen.
Das Alter scheint ihm nicht die Zeit
Der Höhe der Vollkommenheit,
Denn das Gehirn, mehr als ihm lieb,
Erweist sich löchrig wie ein Sieb.
Als Hoffnung bleibt ihm – zum Beweise,
Daß es sich mühte – es sei weise.

JUBILÄUM

Ein Graues Haar, das vorderhand
Sich noch recht gut hält bei Verstand,
Das zweifelt hieran beispielsweise
Bei Jubiläen im Altenkreise.
Der Referent setzt edelmütig
Ein Gesicht auf, mild und gütig.
Mit Nachsicht, daß es auch erfasse,
Der Schüler einer ersten Klasse,
Wählt er die Worte mit Gefühl,
Als wären alle infantil.
Im Tonfall bleibt er sanft zumeist,
Als zweifle er an ihrem Geist.
Das Graue Haar ist recht frustriert,
Bis es die Einsicht dann gebiert:
Man sollt' dem Redner ohne Zagen
Den Krückstock um die Ohren schlagen!

DIE KUR

Ein Graues Haar fährt froh zur Kur
Nach einer lästigen Fraktur.
Es reist allein, was hier bedeutet:
Das Eh'gespons es nicht begleitet.
Und so eröffnet sich manch' schiefe
Und frivole Perspektive.
Es nimmt sich vor, die Zeit zu würzen,
Das heißt zu flirten, zu becircen.
Doch was das Graue Haar dann sah
Rund um das Heim der BfA,
Das war im Grunde nicht das Wahre:
So wie es selbst – nur Graue Haare.
Und für alle war zugleich
Um zehn Uhr abends Zapfenstreich.
Das Graue Haar ging zwar im ganzen
Zweimal am Nachmittag zum Tanzen.
Worauf es sonst hat abgezielt,
Hat sich indes nichts abgespielt.
Das Graue Haar fährt wieder heim.
Es ging ihm niemand auf den Leim,
Worüber es im Grund nicht grollt,
Denn hätte es nur recht gewollt,
Dann hinge ihm, so könnt' es sein,
Jetzt noch womöglich wer am Bein.
Und so erwägt es frohen Mutes:
Daß es brav blieb, hat sein Gutes.

GYMNASTIK

Ein Graues Haar spürt mit der Zeit:
Es hapert an Beweglichkeit,
Wobei es merkt, wie es sich drückt
Und sich nur widerwillig bückt.
Die Treppen meidet es wie Gift,
Nimmt selbst zum ersten Stock den Lift.
Der mangelnde Bewegungswille
Zeigt sich beim Satz »Hol' mir die Brille«,
Bis es belehrt ein Mensch, ein Heller:
Bequeme Menschen altern schneller,
Und dies bezieht sich leider meist
In gleicher Weise auf den Geist.
Das Graue Haar sich selbst verschreibt,
Daß es ab jetzt Gymnastik treibt.
Am Anfang ist es noch vertrackt,
Weil es in allen Knochen knackt.
Doch schließlich lernt es manchen Kniff
Und kriegt die Knochen in den Griff,
Bis es beschließt nach ein paar Jahren,
Zunächst bis Neunzig fortzufahren.
Und es ist mit niemand zwistig,
Der ihm sagt: Was sind Sie rüstig!

IM VERKEHR

Ein Graues Haar, beim Einkauf heute,
Auf der andren Straßenseite
Ganz unverhofft Marlene sieht,
Die dort ihres Weges zieht.
Und schon betritt es schnell die Straße
Und steuert zu auf seine Base,
Ohne links uns rechts zu seh'n.
Man sieht mich ja – was soll gescheh'n?
Es hält den grauen Kopf gesenkt,
Wobei es nur verschwommen denkt:
Wie soll Marlene ich erhaschen
Mit meinen schweren Einkaufstaschen,
Wenn ich erst noch eine Schlaufe
Zu der nächsten Ampel laufe?
Zum Glück, ein Auto hat entsetzt
Das Graue Haar recht eingeschätzt.
So kam es nicht – um Haares Breite –
Als Englein auf die andre Seite.
Man hofft, derweil es sich entfernt,
Daß es aus diesem Vorfall lernt.

DIE BRILLE

Ein Graues Haar sucht seine Brille.
Wo ist sie nur? brummt's in die Stille.
Das heißt, es sucht die Silhouette
Der Brille, die es gerne hätte
Und die es – eine weit're Hürde –
Mit Brille leichter suchen würde,
Bis es begreift, heut' in der Stadt
Die Gläser es verloren hat.
Trost ist ihm bei dem Ungemach:
Das alte Glas war viel zu schwach.
Ein Anlaß nun, sich aufzuraffen
Und neue Gläser anzuschaffen.
Das Glück vom Vorsatz es entbindet:
Die Brille sich beim Grünkohl findet.
Das Graue Haar die Chance nutzt,
Die Brille wird wie neu geputzt.
Der gute Vorsatz ist vergessen,
Sich neue Gläser anzumessen.
Die alte Brill' vom Grauen Haar,
Die tut es jetzt noch manches Jahr.

FROMMER WUNSCH

Ein Graues Haar, das viele Jahr'
Ein ausgesprochnes Ekel war,
Dem niemand gerne ist begegnet,
Hat nun das Zeitliche gesegnet.
Als es noch lebte, hat man laut
Sich zu beklagen nicht getraut.
Jetzt hätt' man Mut, jetzt ist's zu spät.
Es geht nicht mehr aus Pietät.
Bleibt nur, man wird einst solchen Besen
Im Jenseits die Leviten lesen.

WERTSCHÄTZUNG

Ein Graues Haar nachdenklich sinnt:
Was alt wird, oft an Wert gewinnt.
Ein jedes Stück – war es gediegen –
Ist bis heut' im Wert gestiegen.
Der Unterschied zum Mensch liegt klar:
Hier zählt nicht nur das Lebensjahr.
Man schätzt an ihm zuallermeist,
Blieben beweglich Herz und Geist.
Und dafür, das scheint opportun,
Muß man beständig etwas tun.
So muß der Mensch – wie die Zechinen –
Sich seinen Wert stets neu verdienen.

GESPRÄCHSTHEMEN

Ein Graues Haar – was ihm gefällt –
Vom Enkelkind Besuch erhält.
Die Zeit ist erst gut ausgefüllt,
Bis dessen Hunger ist gestillt.
Doch dann fragt es sich irritiert:
Was wohl die Jugend interessiert?
Die Themen, die es sonst bedenkt,
Sind doch im Grunde recht beschränkt
Und kreisen meist um die Erfahrung
Mit Krankheit, Garten, Haus und Nahrung.
Und nach der Schul' sich zu erkunden,
Wird lästig als Verhör empfunden.
Verwandten-Themen sind banal
Und den Enkeln schnurzegal.
Auch hält es besser sich zurück
Mit Meinungen zur Politik
Oder gar des Kommentars
Zur Popmusik und ihren Stars.
Man sieht das Graue Haar hier fronen
Am Problem der Generationen.
Doch schließlich hat es die paar Stunden
Stoff für genug Gespräch gefunden.
Und als das Enkelkind will geh'n,
Ist es gestreßt – doch es war schön.

FESTTAGE

Ein Graues Haar betrachtet lange
Die Spatzen auf der Teppichstange,
Nimmt Unkraut, das oft lästig war,
Als schön gewachsene Pflanzen wahr,
Sieht zu, wie sich die Flügel biegen
Beim Körperputz der Stubenfliegen,
Ist amüsiert, wenn mal in Schwärmen
Die Kinder froh das Haus umlärmen.
Kurzum – es bleibt allzeit bestrebt,
Daß es bewußt den Tag erlebt,
Als hätte es den Augenschein,
Es würde heut' sein letzter sein,
Weshalb es stets uneingeschränkt
Die Zeit genießt und nicht verschenkt.

LEHRMEISTER

Ein Graues Haar fand als Berater
In seiner Jugend stets den Vater.
Auch wollte damals es nicht missen
Mutters recht profundes Wissen.
Heut' sind wir weit davon entfernt,
Daß man noch von den Eltern lernt,
Ist doch präziser als ein guter
Vater immer ein Computer.
Stattdessen Eltern sich gewöhnen,
Daß sie nun lernen von den Söhnen
Und dem Töchtern im speziellen
Über Laser, Mikrowellen,
Receiver, Zellstrukturen, Gene
Und neu erforschte Phänomene.
Das Graue Haar nimmt's unbeschwert,
Derweil doch die Erfahrung lehrt:
Wissen macht den Menschen reich.
Woher man's weiß, ist schließlich gleich.
Es wünscht sich, daß es ungeniert
Neugierig bleibt und interessiert.

PLANLOS

Ein Graues Haar im Bett erwacht –
Die Uhr zeigt eben sechs Uhr acht –,
Bedenkt, was es nicht gerne mag:
Was mach' ich nur den ganzen Tag?
So kommt es mit sich überein:
Ich bleibe liegen bis um neun.
Dann könnte ich spazierengeh'n.
Doch es ist windig und nicht schön.
Auch Lesen paßt nicht in die Pläne.
Vielleicht bekommt es dann Migräne.
Es kramt mal hier, es kramt mal dort.
Es ordnet neu das Fensterbord.
Dann ist es Gott sei Dank soweit:
Es hat erreicht die Mittagszeit.
Es schwingt zur Mahlzeit sich empor
Und legt sich dann erschöpft aufs Ohr.
Um drei erwacht es hocherfreut,
Denn endlich ist es Fernsehzeit.
Mit Werbung, Kinderstunde, Sport,
Mit Spielfilm, Talkshow und so fort ...
Das Graue Haar den Tagesrest
Sich passiv faul berieseln läßt.
Und es hat so halb im Tran
Wieder einen Tag vertan.
Man vermißt in solchen Fällen
Seinen Rest an grauen Zellen.

VORBILD

Ein Graues Haar, denkt es zurück,
Das übte früher oft Kritik
An Älteren mit sauren Mienen,
Die verkalkt und stur erschienen.
Doch heut' gehört es selber schon
Zur neuen alten Generation
Und sollte zeigen neben Führung
Dem jungen Menschen Orientierung
Und ihm bei seinem Vorwärtsstreben
Ermutigung, Verständnis geben,
Vielleicht sogar noch obendrein
In vieler Hinsicht Vorbild sein.
Doch häufig bleibt die Intention
Ganz ohne Resonanz als Lohn,
Wobei oft Zweifel es erhitzt,
Ob alle Mühe auch was nützt.
So manche Saat, so ist das eben,
Kann man als Pflanze nicht erleben.

ANSPRUCH

Ein Graues Haar, ein Optimist,
Glaubt, daß es fit wie früher ist,
Was es speziell darauf bezieht,
Wenn es mal seinen Geist bemüht.
Doch ihm entgeht in seinem Glück:
Nur sein Anspruch ging zurück.

BESUCH

Ein Graues Haar ist hochbeglückt,
Wenn es im Jahr sich zweimal schickt,
Daß seine Kinder es besuchen
Zum Plaudern bei Kaffee und Kuchen.
Und der Besuch es klar beweist:
Sie sind allein zu ihm gereist.
Das Graue Haar fühlt sich geehrt,
Und lang' es von den Stunden zehrt.
Ein andres Graues Haar dagegen
Beginnt bereits, sich aufzuregen,
Daß es die Kinder schon seit zehn
Tagen hat nicht mehr geseh'n.
Und es dünkt infolgedessen
Sich von aller Welt vergessen.
Und der Besuch kriegt's knüppeldick
Mit einem vorwurfsvollen Blick.
Man sieht, wer sich zu stark fixiert
Auf Kinder, der wird leicht düpiert.
Man sollte unvoreingenommen
Sich einfach freuen, wenn sie kommen.

MAJESTÄTEN

Ein Graues Haar war öfters schon
Im Krankenhaus zur Operation.
Doch jedes Mal bei der Behandlung
Erfährt es plötzlich eine Wandlung,
Denn es ist ganz ungebeten
Umgeben nur von Majestäten.
Mit Anhang naht der Therapeut
Und fragt besorgt: »Wie geht's uns heut'?«
Die Krankenschwester mit der Schluppe
Meint: »Essen wir heut' keine Suppe?«
Man macht sich niemand sehr geneigt,
Wenn man jetzt kein Interesse zeigt,
Ist man doch auf die Kapricen
Dieser Leute angewiesen.
Das Graue Haar denkt kollegial:
»Ihr könnt uns gerne alle mal!«

GEDULD

Ein Graues Haar, wenn es vergleicht,
Sein Ziel wie früher stets erreicht.
Weckt morgens es der Vogelsang,
Dann war der Schlaf zwar halb so lang.
Doch steht es auf ganz prinzipiell
Mit frischem Mut, nur halb so schnell.
Es übt den Körper mit Gymnastik.
Doch es bewegt sich halb so hastig.
Das Frühstück ist sein nächstes Ziel
Mit Appetit, doch halb so viel.
Es macht zum Ausgeh'n sich bereit.
Jetzt geht es nur noch halb so weit,
Tut, was es tun muß, recht gefügig,
Doch meistens nur noch halb so zügig.
Es funktioniert auch vorderhand –
Zwar halb so rasch – noch sein Verstand.
Das Graue Haar nimmt es gelassen.
Es weiß, es kann nichts mehr verpassen.
Was es benötigt unterm Strich,
Ist doppelte Geduld mit sich.
Es gilt, mit seinen Kräften eben
Doppelt so bewußt zu leben.
So kann mit Würde es ertragen
Sein Schicksal in den alten Tagen.

EINSAMKEIT

Ein Graues Haar ist depressiv.
Was es auch denkt – die Welt ist schief.
Es fühlt sich einsam und allein,
Und Langeweile hüllt es ein.
Das Graue Haar ist immobil,
Weiß nichts zu tun und hat kein Ziel.
Es fühlt sich zwar erheblich weiser,
Greift es zu einem Tranquilizer.
Doch sieht die Wirkung es enteilen,
Dann ist die Welt erneut zum Heulen.
Vergessen ist, daß, als es high,
Die Mitarbeit in der Partei
Und in der Kirche, im Verein
Schien ihm ein gutes Ziel zu sein.
Es könnte außerdem nicht schaden,
Die Nachbarn mal zum Tee zu laden.
Doch scheint hier eines das Problem:
Das Graue Haar ist zu bequem.
Daß es mit Pflichten sich nicht binde,
Findet es stets viele Gründe.
Doch gilt: Die Zeit man nicht vergeude,
Denn Engagement ist Lebensfreude.

NAMEN

Ein Graues Haar wird froh gegrüßt,
Was es zwar erfreut, doch auch verdrießt,
Denn es entfiel ihm doch der Name
Dieser jungen, hübschen Dame.
Wo hat man nur in aller Welt
Ihm die vor kurzem vorgestellt?
Wo kann dies nur gewesen sein?
Doch dabei fällt ihm plötzlich ein:
Die Frau, die just vorbeigeschneit,
Hat eine große Ähnlichkeit
Mit einer Dame, die, das weiß ich
Noch ganz genau, im Sommer dreißig
Im Gasthaus neben ihm gesessen.
Es hat hier kein Detail vergessen.
Sie trug was Blaues, hieß Frau Grün
Und reiste häufig nach Berlin.
Es könnte vieles noch berichten,
Doch hilft dies weiter hier mitnichten.
Was damals war, ist exzellent
In der Erinnerung präsent.
Doch war's vor kurzem, dann erhellen
Sich häufig nicht die grauen Zellen.
Das Graue Haar fischt dann im Trüben,
Doch könnte es durch stetes Üben
Die grauen Zellen aktivieren –
Das Graue Haar will es probieren.

GENÜSSE

Ein Graues Haar fand lange Jahre:
Ein guter Tropfen ist das Wahre.
Und es genoß als etwas Feines
Mit Bedacht den Geist des Weines.
Heut' ist es schon – merkt es betroffen –
Nach zwei Vierteln fast besoffen
Und so begnügt es sich zumeist
Bescheiden mit dem eig'nen Geist.

FREUNDE

Ein Graues Haar hat das Bestreben,
Auch im Alter gut zu leben.
Und weise sorgt es früh sich schon
Um seine Rente, die Pension.
Und es verbessert die Finanzen
Mit Hilfe der Assekuranzen.
Das Geld wär' da. Doch fällt ihm ein:
Das Schlimmste ist, allein zu sein.
Es gilt zu sorgen, daß nicht fehle
Dereinst Erspartes für die Seele,
Weshalb es vor dem Altenstift
Auch hierfür gleichfalls Sorge trifft,
Denn es wird sich hier gelassen
Auf die Verwandten nicht verlassen.
Dagegen pflegt es den konstanten
Kontakt zu Freunden und Bekannten,
Wobei es sorgsam darauf merkt,
Daß er vertieft wird und verstärkt.
So hat es auch in alten Tagen
Stets wen zum Freuen und zum Klagen.
Ein Freund, das wird sich später fügen,
Ist oft mit Gold nicht aufzuwiegen.

FAHRKÜNSTE

Ein Graues Haar fast unbeschwert
Und unbekümmert Auto fährt,
Denn endlich ist es jetzt soweit:
Es fährt gemütlich, es hat Zeit.
Schleicht es auch langsam, ohne Hast,
So manches Schild es nicht erfaßt.
Wer kann schon all' die mysteriösen
Straßenschilder so schnell lesen?
Bis es mit Brille sich garniert,
Hat es das Schild schon längst passiert.
Es glaubt, daß in den letzten Jahren
Die Leute immer schneller fahren.
Oft prescht vorbei wer mit Gedröhn,
Den es im Spiegel nicht geseh'n.
Es überholt erst unser Recke,
Hat er drei Meilen freie Strecke.
Und ist auch häufig und recht lange
Der Kopf von einer Autoschlange.
Doch unser Straßenveteran
Kam heil bis heut' zu Hause an.
Das hat wohl mehr an seinem regen
Und guten Schutzpatron gelegen.

DER JUNGBRUNNEN

Ein Graues Haar für sich erwägt,
Wie gut wohl der Gedanke trägt,
An einem Jungbrunn' sich zu laben,
Um Jugend ewig so zu haben.
Das Leben würd' es nicht verschonen
Von immer neuen Generationen.
Ein Freund wär' eine Episode,
Wenn's gut geht, bis zu dessen Tode.
Es hätte sicher, denkt es matt,
Das Dauerleben schließlich satt.
Doch andrerseits ließ' es sich denken,
Daß alle aus dem Brunnen tränken.
Da keiner stürbe hinterher,
Braucht' man auch keine Kinder mehr.
Das Leben würde nachgerade
Ohne Kinder ziemlich fade.
Was hätte es nach Jahr und Tagen
Selbst seinen Freunden noch zu sagen?
Auch ohne sich zu überwerfen,
Ging' man sich ziemlich auf die Nerven.
Das Graue Haar deshalb verzichtet
Auf den Jungbrunn', der erdichtet.
Es sieht, das Sterben hat sein Gutes.
Und deshalb stirbt es guten Mutes.

ENTSCHLAFEN

Ein Graues Haar, so ist das eben,
Das starb nach einem langen Leben.
Präzis' gesagt: Jetzt ist es tot,
Nicht für die Nachwelt ohne Not.
Zunächst man mit dem Schicksal kartet.
Das Graue Haar starb unerwartet.
Dann liest man weiter von dem Braven,
Es sei verschieden, sei entschlafen.
Das Graue Haar, hört man beklommen,
Wurde jäh von uns genommen
Oder hat durch sein Erblassen
Uns ganz unverhofft verlassen,
Als sei es nur, so klingt es meist,
Mit unbekanntem Ziel verreist.
Der Tod, nicht faßbar, wird verdrängt.
Der Mensch mit Umsicht ihn umdenkt,
Denn tot zu sein, gibt keinen Sinn,
Und Schmerz und Trauer sind nicht »in«.
Es scheint, man sollte danach streben
Zu lernen, mit dem Tod zu leben.

HOBBY

Ein Graues Haar, was es auch schuf,
War stets voll Freude im Beruf.
Die Arbeit ein Accessoire
Der freien Zeit, ein Hobby war,
Bis es trotz bester Kondition
In Rente mußte, in Pension.
Das Graue Haar war rigoros
Die Arbeit und das Hobby los.
Die Umwelt riet ihm nur verlegen,
Es könnte jetzt sein Gärtchen pflegen,
Kleinigkeiten reparieren,
Bei Sonnenschein im Park spazieren,
Malen oder Münzen sammeln,
Stricken oder einfach gammeln.
»Nur im Beruf«, heißt es kommun,
»Gibt es für Sie nichts mehr zu tun,
Nicht halbtags, nicht für ein paar Stunden«,
Erfährt es jetzt kurz angebunden,
»Denn wirtschaftlich sind nur die Laffen,
Die jung sind und acht Stunden schaffen.«
Das Graue Haar, abseits gestellt
Von der humanen Wirtschaftswelt
Beschließt für sich als neues Hobby
Den Kampf für eine Alten-Lobby.

DANKBARKEIT

Ein Graues Haar verliert den Freund,
Und jeder rät ihm, gut gemeint,
Bei aller Trauer um den Treu'n
Für das, was war, dankbar zu sein.
Wo Trauer die Gedanken bindet,
Die Dankbarkeit die Tür schwer findet,
Denn stärker bleibt hier meist bewußt
Als die Erinnerung der Verlust.
Das Graue Haar, das dies bedenkt,
Erfährt, daß es sich sehr beschenkt,
Wenn es nicht Dankbarkeit vergißt
Für die, die leben – das, was ist.

DIPLOM-SENIOR

Ein Graues Haar, ein Aspirant
Auf Rente und den Ruhestand,
Das wüßte gern den Sachverhalt:
Wie werde ich erfolgreich alt?
Und ehe es sich recht versieht,
Die Umwelt sich um es bemüht:
Ein Therapeut, ein Psychologe,
Ein Pfarrer und ein Pädagoge,
Ein eifriger Sozialarbeiter,
Ein Animator und so weiter.
Die meisten dieser großen Meute
Sind noch recht junge, grüne Leute.
Das Graue Haar sieht schemenhaft:
Altsein ist eine Wissenschaft.
Und wer dies nicht beizeiten schnallt,
Der wird auch niemals richtig alt.
Das Graue Haar nimmt's mit Humor
Und endet als Diplom-Senior.

CHANCEN

Ein Graues Haar hat abgeblaßt
Sich häufig an den Kopf gefaßt,
Wenn es in den vergang'nen Jahren
Von vielem Unrecht hat erfahren.
Doch gab es Gründe: Zeit und Pflichten,
Auf Proteste zu verzichten.
Jetzt hat es Zeit und hat die Chance,
Am eig'nen Ort und per distance
Zu helfen und zu appellieren,
Zu unterstützen, protestieren
Gegen Hunger, gegen Kriege,
Gegen Waffen, gegen Lüge,
Für Schwache und Gerechtigkeit,
Für saub're Umwelt, Sparsamkeit,
Mit eig'ner Kraft auch da und dort,
Mit einem Brief, mit einem Wort
Sich engagieren, ganz egal,
Ob politisch, ob sozial.
Und es erreicht so den Effekt:
Vor Alten hat man mehr Respekt.
Vielleicht stellt dann das Glück sich ein,
Daß Alte stolz sind, alt zu sein.

VERSICHERUNGEN

Ein Graues Haar hat unverdrossen
Versicherungen abgeschlossen,
Um sich das Risiko zu nehmen
Bei vielen Arten von Problemen.
War es das Gebiß gewesen,
Bekam es kostenlos Prothesen.
Als ihm die Augen nicht zu Willen,
Sorgten für die Sehkraft Brillen.
Die Hüftgelenke zweiter Wahl
Gab es umsonst aus Edelstahl.
Den Ohren hilft das Hörgerät. –
Man sieht, daß es stets weitergeht.
Das Graue Haar kann überbrücken
Die Altersmängel meist mit Krücken.
Doch gibt's auch nicht für viel Finanzen
Die nötigen Assekuranzen,
Mit Gelassenheit die Plagen
Des Alters in Geduld zu tragen.

SENSOREN

Ein Graues Haar an sich erfährt,
Daß es jetzt schlechter sieht und hört.
Doch dies bezieht sich meistens nur
Auf manche Töne, die Kontur.
Das Alter bringt dafür Sensoren
Als Surrogat für Aug' und Ohren.
Mit denen spürt es vieles klar,
Was nicht zu seh'n, zu hören war.

ANERKENNUNG

Ein Graues Haar bedarf der Pflege.
Es fühlt sich unnütz und im Wege.
Doch jeden Tag, schon früh am Morgen
Stets gute Menschen es umsorgen.
Es kann den guten Samaritern,
Die ihm helfen, die es füttern,
Als Dank nichts Schönes dedizieren,
Sich für die Mühe revanchieren.
Es hat nur allen, die sich mühten,
Ein kleines Lächeln anzubieten,
Wofür es auch in schweren Stunden
Immer noch die Kraft gefunden.
Schon spürt es, dankbar, wenn auch matt,
Daß man ihm gern geholfen hat.

NEUGIER

Ein Graues Haar, ein braver Christ,
Mit Würde alt geworden ist,
Das weiß auch ohne Pythia,
Es lebt noch kurz, sein Tod ist nah,
Was für den Körper und den Geist
Sehr traurig ist und Abschied heißt.
Das Graue Haar hat mit Respekt
Sich diese Welt erforscht, entdeckt,
Mit Ehrfurcht wurde es gewahr
Der Schöpfung, die so wunderbar.
Die Neugier, die stets in ihm wohnte,
Zu stillen lebenslang, sich lohnte.
Nun kann sein Ziel bald nur bezwecken,
Was nach dem Tod ist, zu entdecken.
So bleibt sein Leben ihm im Lot.
Mit seiner Neugier auf den Tod.

Bereits erschienen:

Kurt Füchtner

Ein Kind kann ganz bezaubernd sein

Erfahrungen mit Kindern
Heitere Verse mit Moral
Mit Illustrationen von J. Lingl

2., überarbeitete Auflage 1998. 104 Seiten.
Paperback DM 19,80. SFr 19,00. ÖS 145,00
ISBN 3-89501-623-3

Mit Humor und einem kleinen Schuß Ironie beschreibt der Autor vergnüglich und besinnlich klassische Erfahrungen und Überlegungen von Eltern und Verwandten beim Umgang mit Kindern und gibt einige Ratschläge aus seiner eigenen Praxis als Erzieher.

R. G. Fischer Verlag
Orber Str. 30 · D-60386 Frankfurt